大菅千鶴詩集

夜の辞書の上で

OOSUGA CHIZURU

装　丁●──西田デザイン事務所
イラスト●──著者

目次

しずかにしてください

もとにもどしてください

夜の辞書の上で

しずかにしてください

開館日

開く
挟む
閉じる
立てる
並べる

きりのない作業には
未来もある

図書館員の指は
左から右へ
淫靡な妄相を並べる
手前から2センチにきっちりと

本棚の陰で
抱きあったままの二人は
酸性紙だから
百年後には砕けてしまう
こっそりハサミを持ち込んだ
少女は
少年を一枚切りぬくたびに
体温が下がる
あたりはもう暗紫色だ

数学の教師が
裸婦のページを開いて
「こんな本を　少年たちに
　見せてはいけませんよ」
と　チョークの粉を塗りつけていく

あの男が
本を返しにくる
二冊めの表紙が
含み笑いをしている
57ページには伝言が
書かれているはず

夜の辞書の上で
私の足は　袋とじになっているから

男は　ていねいに開いていく
薄い
ペーパーナイフで

館内整理日

「今日はセイリの日です。
　早く返して下さい。」

男は驚いて　102ページを開いたまま
図書館を出て行く

「閉館」の札は　昨日までの視線を感じて
揺れ続ける

女が本を元通りの棚へ戻そうとすれば
体内のいちばん下の棚で
古いページが破れる音がする

アルバイトの学生は　書架の陰で
解剖図を広げて　女の整理を考えている

「今日はセイリの日です。
　早く返して下さい。」

督促状が　男を責め始めているから
女の苛立ちは　ますます湿ったものになる

本心は　表紙の色でわかる
が

男は黄色い本ばかり借りていく
貸出期限の　とうに過ぎた本は
男の部屋で　折りぐせをつけられて
毎夜
裏返される

古い　もの　を　捨てる　日
だから
男が待っていても
耳までは　熱くならない

図書館利用規定

「赤いラベルの本は　いけないんです」
男の図書館員は　耳のあたりまで口をよせてきまじめに言う
「禁帯出ですから
　ここでならいいいんです」

じゃあ　と女は水着になって
海の写真集へとびこむ

何の意味もなくかけられている絵が　傾いて
そこらあたりは
水びたしだ

「私語は　いけません」
クッと笑って　ふたりは背中に文字を書きあう
女の指が　するするっと言葉の弱い部分を探しあてる

「飲食は　禁止です」
朝食をぬいてきた老人は
思わず朝日新聞を口に入れた

　いけない場所
男であっては　いけない
女であっては　いけない

嘆息だけが　飽和状態に達している

床を這う　ぶ厚い沈黙

図書館では

靴音までが禁欲している

休館日

ゆるんでいる

しおりひもが
開かれたままの遊び紙に
しどけなく横たわっている

けっして笑わない少女が忘れていった

鉛筆が　今になって
カラカラと昔をたてる

誰もいない部屋が　こんなに猥雑なのは
本に残された指紋が鮮明すぎるからだ

飽和状態の湿度が　図書館員の
背中を濡らしている

あの男は　きまって
休館日に本を返しにくる
「どうだった?」
と女に聞かれるのを避けて
扉の外へ中途半端な愛撫を
積みあげていく

ブックカバーを脱がせたあとで
見られていない図書館員は
指をなめて
ページをめくったりする

曝書

いきなりの風だ

「曝書を始めます」
図書館員の男は白い手袋を着けている
本箱の中の女は　ただ立ち竦むだけで
目も開けられない

ながい
ながい闇の中で
女の髪は黒く長く伸びている

その髪の毛の間にまで　風は
男の手のように容赦なく吹き込んできた

ながい
ながい年月
本箱はそこにあった

取っ手のついた扉まで用意されていたのに
女は手をのばさなかった
（待っていると思われたくなくて）　　じっとしていた

男は今日扉を開ける

いきなりの光だ

本箱の中の女の
足の指の間のくぼみまで照らし出す
開かれたことのない頁まで
読まれる日

斜めに入った光は四方に反射しながら
女を回る

すっかり暴かれた女の皮膚は
薄いオブラートになって
男をつるんと包んでしまう

ショコラ

図書館では飲食厳禁
此処では食べないで下さい
と　司書は叫んでいる
が　女たちはおかまいなしに男の口に
チョコレートを投げ入れる

書棚の陰で抱き合う二人は
胸の隙間で茶色のかけらを溶かしている
今日　女が返しにきた本には茶色い指紋
がくっきり残っていて司書を悩ませる

チョコレート色の雲が世界を覆う日

女たちは
真夜中まで
甘い嘘を鍋に入れてゆっくりかきまぜる

甘く溶けるものは
罪
か

読み聞かせ

今週は読み聞かせの当番だ
昨日は桜の木の下で　陽子ちゃん達に
大きなかぶ　を読んだ
今日はあの男からの依頼が来ている

疲れているから
薄暗い本を持ってきてくれ　という
私は黒いコートに隠して足早に部屋に向かう

声も少し甘めに整えてきた

今日は昔話にしよう
むかし　むかし　あるところに
むかし　むかし　あるおとこが
むかし　むかし　あるおんなが

ベッドの横に腰掛けて
寝たふりしている男の耳に　ページをめくってみせる
三冊読んだところで薄暗い本は
闇夜になった
声もかすれて耳のふちにこぼれている

水を飲んでから次の本を読み始める

私は男の母親ではないので
そろそろ肩をゆすって起こしにかかる

今度は男が
私を
読み始める

不安な作品

「芸術は
どうしてみんな
裸なの？」

少女が囁く

内緒話も吹き抜けの窓に反射して
緑色のオブジェになる

少女の声に

学芸員は　スカートのすそを
気にする

ここでは　少女の髪までが
見られることを意識して
揺れを止めている

私は　急いで
次の空間へ　移動する

少女は　ふいに
裸婦の肩に触れた

学芸員が走り寄ってくる

「美しいものは
　こわさないと
　よく見えないのに」

こんなにも　静かで
こんなにも　平穏で
こんなにも　清潔で
こんなにも　落ち着かぬ場所

裸婦は　端正に
キャンバスにはめこまれたまま
唇を少し開いている

安全地帯

男が　止まっている
私も　止まっている

誰に言われた訳でもないのに
縞模様の　こちら側で整列している

男の舌打ちは　信号機にはね返って
私に当たる

ここは思惑も表情も停止しなければならない
場所だ

交差点の中央で
占い師は
煙草の煙が北へ流れているから
今日は　よくない日　と
はっきりした手つきで言う

男は　あまりに平凡なグレイの背広だった
から　アスファルトの色に溶け始めた
私の背後から　猫をだいた女が
ゆっくり横断していく

男と女と猫は　信号を　無視した

もとにもどしてください

うつむいた約束

心配なのは
行列の先頭ではなく
背後に誰がくるか
そのことなのだ

すぐ前は　髪の赤い女
そのまた前には　新聞を広げた男
後姿だけが　えんえんと続いている

灰色の建物を三周もとりまいている間に
アイスクリームはとけてしまった

たとえ　見覚えのある肩がみえても
声をかけてはいけない
　たとえ母のようであっても
　死んだ子のようであっても
おとなしく　行列は
つながっている

行き先が　チケット売場だったのか
安くてうまい店だったのか
忘れかけた頃

入口が見えてくる
「ただ今　二時間待ちです」
アルバイトの兄ちゃんの声だけが

土曜日の午後を明るくする

いったい私の次は誰なのか
約束は振りむかないことだった

人々はこうして
あの世へ旅立つときも
足ぶみをしながら　肩をおとして
行列をつくっていくのだろう

夏　闇

左の手のひら
運命線のなかほどに
丸く　残る　傷痕

線香花火の
しずくを
受け止めようとした

夏の烙印

神経症のラムネ

箱がある私の喉に四角い箱がある
飲みこんでも吐いても流れていか
ないひっかかるものどこから入り
こんだのか鏡で見ると赤いサイコ
ロのような形だ色もだんだん私に
近づいていているワインは嫌いらしい
が炭酸飲料は好きらしく素直にカ
ラカラと音をたてて回りだすこの
ところ次第に形が丸くなってきた
ようだまるでラムネの栓みたいと
私が言い終えないうちにスッポリ
喉に栓をした

水霊

こぼれる
記憶の縫い目から
しゅるるるしゅるるしゅるる
ためいきのようでもあり
涙のようでもある
父は
家の井戸からの水を飲みたいと言う

次の日
光る水を　一口含んで
地下へおりて行ってしまった

そこに流れるのは
幾百年も
幾千人もの
重ねられた骨のあいだから
こぼれ落ちた雫

静まりかえる　川の左の岸では
懐かしい声が
足下の　ずっと深い場所から
聞こえてくる

泊　駅

列車がきます　列車がきます　列車が
きます　列車がきます

とまり　とまり　とまり　とまり

機械の女のアナウンスも　果てからの声のようだ
けっしてハイヒールで降りてはいけない駅

陸橋の途中でふりむけば　見送りに来た　と
父が立っている
確か　私が父を見送ったはずではなかったか

終点では　誰もが言葉を交わさず
ひっそりと切符を渡している

改札を出ても　ここから旅立った日の明るさはどこにもなく
季節は冷えたままだ

風景も　人々も　少し傾《かし》いで遠ざかる

網棚の上の忘れものを
取りに行かなければ

河骨

裏の川に浮かぶ　白い小枝
　誰の骨だろう

七年前　生まれてすぐに逝った子の
か細い足か

幸か不幸か　この世の何も見ず
何もきかずに　召された子は
線香花火の残骸になって　川を流れていく

よどんだ流れは　青もなくゆっくりと動く
流れの中に見えかくれする　遠い声に
私の胎内の最後の花火が　炸裂する

小枝を拾い集めては卒塔婆を作る
積みあげても　積みあげても
コトリとくずれる小さな人の形

金曜日には

A. M.　7：24

ひびがある
白い皿に

向かい合って坐ることで
毎朝復讐は始まっているのだ

ひびは　川のように
私に向かっている
割れ目に漂う食卓の会話は
とうにとぎれて

二人の視線は
テレビの映像の手前で
かろうじて交差する

「コーヒーの湯気は
　今朝もつながっている」

P. M.　3：05

皿が割れる
堰を切って流れるのは
黄色く変色した嘘や
リボンをつけられた空の箱

泳げない私の足を捉《とら》えているのは

水草の束　あるいは男の腕
溺れそうになりながら　私は
破片をかき集める

「元通りにはなりません」
皿屋の主人は答える

かけらは両手に重い
たぶん
歳月というものも
盛られてきたからだろう

　破片は　思い出になりたい　と
指に　モザイク模様を作る

P. M.　8：41

ワインをあける
新しい皿の前で

私はコルク抜きをキリキリと
回している
先端が男の左胸へ向かっている

「今夜は
赤で」

流　光

湧く

この森の深い処
水か　雲か
湧き出でてくるものは
故郷の河の　源流の
最初の一滴

いや　それは　この私の左胸から

湧き出す血潮の　最初の一滴

幾千年もの昔　ひとりの母が
生まれる命のためにこぼした涙の一滴が
いま　ようやく　地下から私に
会いにきたのだ
長い　長い　時間は父親だ

流れ出す

せせらぎは渓谷を縫い　やがて大河となって迸る
両手を差し出し水を受ければ
冷たさにおののくだろう

だが　冷たさの中にある熱を

君は知っているか
太古からの流れの中にある
ことばにならない声を
目に見えぬ光を

この流れをせき止めてはいけない
沸点に達する前に

残夢

第一楽章　音が落ちる

針がとぶ

とたんに
レコードから音がすべり落ちた
私は立ち上がって音符を拾い始める
三連符が足もとでヒールを磨く
男は　まだ片耳を塞いだままだ

昨夜の女の声がもれてくるらしい
男は　私との間の不協和音を
椅子のきしみのせいにしながら
音符を拾っている

ふたりは　集めた音を
並べていくだけで
年老いてしまう

第二楽章　音が裂ける

裂け目からのぞく過去形の男
明後日来るはずが

きのうの夢に現れたりするから
油断できない
4ビートで私を揺らすのは
すこし湿った
男の声なのだ
ブラインドから射し込む光は
平行に二人を切っていく

たとえ　血を流しても
この部屋には
色がない

第三楽章　音が沈む

耳かきの曲がりぐあいを気にして
鼓膜がふるえている

夜の音楽は
耳の先《さき》で丸い残響になる
それは
耳飾りと呼ぶには大きすぎて
私を傾斜させる

支えていた男がはずれて
私の傾きは　いっそうひどくなる

耳かきで回しながら
これまでに私の中へ注がれた
過去を　鼓膜で　ゆっくりと

濾過《ろか》する
と
ざらついた記憶はフィルターに
結晶する
ガラスの底には
透明になった時間だけが
たゆたっている

男の左耳を浮かべて

プールサイド

青い絵を踏む
愛人のような
ハイヒールで

扉をしめます

左から3番目の青い作品に

しずく
を待つ

次は百万年後
と言われると
もう　目を閉じるしかなくて

しっかりと目を閉じれば閉じるほど
からだは開いてゆく

あなたへの□は　（この青い小函の中から好きなものを

選んでここに置いて。）
まるで信仰のように私を縛る
たゆたう私の羊水に
落とされる一滴の絵の具
あなたのつるんとした胸で
私の波紋を

どうぞ
写し取って
何を占う？
何が知りたい？

五番目の箱

美しいものしか見ない
と　男は言う

瓦礫瓦礫瓦礫瓦礫
がれきがれきがれきがれき

口にすると　舌から
ついぞ経験したことのない痛みが
全身に伝達されてゆく

一日に何度も聞かされる

禍々しい響き
瓦礫瓦礫瓦礫瓦礫
がれきがれきがれきがれき
網膜は汚染され
耳の中は砂塵で塞がれた

かつてはすべて
美しいものではなかったか

女の右腕
背後の風景
あるいは

あるいは
愛とよばれていたもの

瓦礫瓦礫瓦礫瓦礫
がれきがれきがれきがれき

思い出のきれはしとか
愛のカケラとか
陳腐でも　違った呼び名に
できないものか

美しいものしか見ない

そう言っていた男は
目覚めることをやめた

闇夜という箱の中で
美しいものを
いつまでも
手探りしている

樹　陰

二十六時
樹海から泳ぎ着く
一本の木　は　私

水が欲しい
と私は渇いた樹皮を見せて
黄色い土に横たわる

男はすぐにやってきて
自分も木になったふりをして
樹液を滴らせる

「言葉も緑色にして」と言えば
ただ舌の間から暖かい葉脈が流れこんでくる
だけだ

すでに　男の先端は　蔓になっていて
私の足をからめとってしまう

葉の陰にかくされた　裏切りで
私の枝は
腐りはじめた

今夜も
黒い木々の
実のないうたが
樹海の底から
耳へのびてくる

残響

音が
残っている

私の左胸を震わせて
微かに共鳴し続ける音
が
ある

小さな叫びで　ひびわれた
足もとの　深い亀裂をのぞきこむ　と
そこには

幾千もの季節が
足跡や掌と共に
たたまれている

心まで　解凍するには
時間がない
と
貴方は、いつも　凍りついた風の影だけを
おきざりにする

鋭角の風が
私を貫いたあとには
六角形の余韻が
急速に結晶していく

水橋

飛行機雲が一すじ海に向かっている。その下に黒い雨雲、その手前にグレイの雲、と無彩色のグラデーションが続く。いつもとは逆の方向の座席に座ってしまった。

　風景が私から流れ出て行く。川にさしかかる。澱んだ水が流れている。これが私の羊水だったのだ。

　駅に着く。正面に教会のような建物がある。古びた民家の屋根に十字架が重くのっている。

　不意に下腹が痛んだ。ゆるい流れが私の胎内から下りていく。向かい側の座席の高校生が、手鏡をとり出して真赤な口紅を塗り始める。目をそらして飛行機雲を見る。白い直線の明確な形に、一瞬女であることを憎む。消えかかる雲のきれはしにぶら下がりながら。

海　祭

貴方の足跡をたどって
波打際を歩く

足跡は確か二五・五で
つぎのは、と見ると
龍巻の尻尾にまきついている

ほどこうとした途端　海水が肺へ打ちよせて
きた　と同時に　貝殻を割る音が鼓膜をたたく

溺れそうな魚たちが
低い声で唱い始める

羽のない鴎までが
暗紫色の声をあげている

薄闇の中で　いつのまにか
私は人魚になっている

夜光虫をちりばめ　腰を動かせば
猥褻な下半身のかわりに
鱗が乱反射している

深くなっていく夜の中で
やっと貴方の耳に触れた

愛撫のように　貴方は
鱗を一枚ずつ剝ぎ取っていく
ゆっくりと

そして
人間の言葉を忘れていく

ゆっくりと

夜香

その店では　客たちが生徒のように横一列に座って
「鳥の歌」を聴いている

声など発してはいけない
たとえ目の前の花の名がわかったとしても
告げてはならない

店を出る時　女主人が
私の背中に向かって

「忘れないで」　と言う
　　　　それは髪の毛のように
私の左肩に掛かったまま
夜になっても眠らせない

真夜中　また扉を開けると
客たちが横一列に座っている

女主人が
私を上目使いに見てから
　これが　忘れたこと
これが　忘れたいこと
これが　忘れられないこと　と
一つずつ丁寧にカウンターの上に並べてくれる

最後に
「忘れてはならないこと」を
私の耳のあたりに
白い指で
ふうわりと置いた

香りのように

夜話

タイルの目地を　つたい歩きして
裸のまま　私は排水口へ向かっている

　　髪が　流れていく

あなたを待つといって
こんなに伸びた髪を

ゆっくりほどきながら
櫛の目に恨みを織りこむ

と
細く黒い流れは　闇へ溶けだして
私は一度に老いてしまう
すべてが　海へ行くと
教えられたから
安心して　網膜の裏側も洗える
けれど
はりついた男の姿は
黄色く腐りかけているのに
はがれない

逆流してきた過去は

男の腕のように　首にまとわりついて
　　もがくうちに
私は
口を貝殻でいっぱいにして
溺死している

夜話 Ⅱ

かわく

ひからびた舌で
すくいとれるのは
櫛形の月

黄色い写真の中に並んでいる

裸の女たちの
髪だけは　儒れていて
ほんの短い間
男たちを　潤す

そのあとで
もっとひどい渇きがくるのも知らず
のどを鳴らしながら
男たちは
干上がった水府へやってくる

こころの渇きなど
ここでは
問題ではない

給水は　深夜だけだから
暗闇の中で　水を汲む

そして
まるで悪い事でもするような目つきで
男と　女は
ひっそり
水浴をする

風媒

「強風のため、列車は糸魚川駅に停車したまま上下線とも不通
となっております。」
五分おきに駅員がアナウンスする
また　あの男に口実を与えてしまった
今頃　糸魚川駅のホームで風向きを読んでいるだろう
携帯が鳴る
会えない理由は

いつも
風だ

こないだは風の色が悪いから来られないと言う
人差し指をぺろんとなめて風向きをみる仕草は
もう私には通用しない

女たちが駅員に詰め寄っている
「いつになったら動くの」

「さあ、風がやんだら、でしょう」

泊駅のホームの鉄柱にしがみついていると
いきなり男の手が私の足首をからめとる

と　思えばただの南風

「いつまで待たせるの」

「さあ、風がやむまで、でしょう」

女たちは待ちくたびれて
風をいっぱいに孕んだ大きなお腹をかかえて
待合室の椅子を取り合っている

風解 Ⅱ

風が届く

風を獲りに行くと言って
逃げる男は　気象予報士のように
あいまいな　顔をしている

予報士は　みな　胡散臭い
画面の中の太陽はオレンジに輝いていて
雨は水滴の形、雪はダルマの形

そんな子供だましの貼り絵で
何を占ってみせると言うのか

「…でしょう」などとあいまいな語尾は使わないで欲しい
気圧の谷を覗き込んで
明日は　嵐になる
と　断言して欲しい
ただの占い師らしく　もっと無責任に
雨を降らせて欲しい

男が　天気図を旅している間に
私には幾度も　嵐が　襲ってきた
髪も　胸も　指も　濡れて
その中で　男の名を呼ぼうとしたが
とうに忘れていた

だのに
帰りついた気配に　振り向くと
男は颪をほどきながら
私に向かって
しらじらしく
季節の挨拶なんかして

あとがき

詩誌「航跡」でご一緒させていただいた石田敦さん、吉浦豊久さんのお二人はもうこの世におられない。私が図書館を題材に書いたものを、まとめてみればと言ってくださったお二人にやっとこの本を捧げることができました。感謝します。図書館勤めの中で、本棚の谷間から私の妄想を膨らませてくれた来館者の方々にも感謝します。そしてこの本を読んでくださったあなたにも。

二〇一五年　　大菅千鶴

大菅千鶴詩集「夜の辞書の上で」
新・北陸現代詩人シリーズ
2015年3月14日発行
著者　大菅千鶴
編集　「新・北陸現代詩人シリーズ」編集委員会
発行者　能登隆市
発行所　能登印刷出版部
〒920-0855　金沢市武蔵町7-10
TEL　076-222-4595
印刷所　能登印刷株式会社
ISBN978-4-89010-604-2